Ti-Croco a perdu son doudou

JEAN-LOUP CRAIPEAU

PIERRE FOUILLET

– À ma sœur Sophie.

P. F.

CASTOR BENJAMIN Flammarion

26, rue Racine - 75278 Paris Cedex 06
Imprimé en France. ISBN : 2-08162450-8

– Ça ne va pas, Ti-Croco ?
demande la maîtresse.
– J'ai perdu mon doudou,
répond Ti-Croco.
– Il est peut-être
dans ton cartable ! dit Cocodoux.

Grozipo renverse le cartable sur la tête de Ti-Croco.

Léa-Boa proteste :
– Cette blague est méchante, Grozipo !

Léa-Boa gronde Grozipo :
– Sans doudou,
Ti-Croco est malheureux.
Ne l'embête pas !

Cocodoux dit :
– Ton doudou dort peut-être dans l'armoire ?

Ti-Croco va voir dans l'armoire.

Alors Lélé l'éléphant enferme Ti-Croco dans le noir.

Léa-Boa proteste :
– Sans doudou,
Ti-Croco a peur du noir.
Laisse-le sortir !

Cocodoux dit :
– Ton doudou n'est pas là.
Va voir dans ton casier.

Ti-Croco reste coincé
dans son casier. Heureusement,
ses amis le délivrent.

Ti-Croco a un peu mal,
mais pas de doudou
pour le consoler.

C’est l’heure de la récréation.

Coa-Coa s'écrie :
– Oh ! ton doudou !
Je le vois près de l'arbre.

D'un bond, Lapindingue saute sur le doudou. Il l'écrase de ses palmes rouges !

En vérité, c'est Grandendure
qui joue à cache-cache.

Le grand frère de Ti-Croco est furieux.

Ti-Croco explique :

– J'ai perdu mon doudou…

– Eh bien moi, dit Grandendure, je cherche Renaud Féroce.

Cocodoux dit qu'il l'a vu derrière le préau. Tous y vont.

Ti-Croco s'écrie :
– Oh ! mon doudou !

Caché dans un coin,
Renaud Féroce tient la peluche.

Renaud Féroce se défend :
– Je ne suis pas un voleur.
Je l'ai trouvé par terre
sur le chemin de l'école.

Renaud Féroce rend la peluche à Ti-Croco.

Ti-Croco est heureux.
– Est-ce que je t'ai manqué ?
demande-t-il à son doudou.

Le lendemain, madame La Girafe interroge Ti-Croco :
– Pour qui est ce cadeau ?
– Pour un ami. C'est un secret, dit Ti-Croco.

Quand il ouvre le cadeau,
Renaud Féroce est content.
– Pour toi, dit Ti-Croco.
Pour toi seul...

R

LE TRUC EN +

VRAI OU FAUX

La recherche du doudou est semée d'embûches pour Ti-Croco…

mais si tu as été bien attentif à l'histoire, tu sauras déjouer les pièges, et dire si oui ou non, les affirmations suivantes correspondent bien au texte.

1) Cocodoux renverse le cartable sur la tête de Ti-Croco, pour lui faire une blague.

FAUX. C'est Grozipo qui est l'auteur de cette mauvaise plaisanterie.

2) Lélé l'éléphant joue un mauvais tour à Ti-Croco, et l'enferme dans l'armoire.

VRAI. Ti-Croco pense que son doudou est dans l'armoire, et Lélé l'éléphant en profite pour l'enfermer dans le noir.

3) Lapindingue retrouve, derrière l'arbre, le doudou de Ti-Croco.

FAUX. Ce n'est pas le doudou, mais Grandendure, le grand frère de Ti-Croco, qui joue à cache-cache.

4) Contrairement aux apparences, Renaud Féroce s'explique : il n'est pas un voleur !

VRAI. Renaud Féroce a trouvé le doudou, par terre, sur le chemin de l'école. D'ailleurs, il rend le doudou à son propriétaire.

5) Ti-Croco en veut terriblement à Renaud Féroce. Désormais, il ne veut plus être son ami.

FAUX. Ti-Croco n'en veut absolument pas à Renaud Féroce. Bien au contraire, Ti-Croco lui fait cadeau d'un doudou pour lui tout seul.

RETROUVE TI-CROCO ET TOUS SES AMIS DANS :

Ti-Croco a peur

www.editions.flammarion.com

Imprimé en France par P.P.O. Graphic, 93500 Pantin
12-2003 - N° d'imprimeur : 6770
Dépôt légal : février 2004
Éditions Flammarion - N° d'éditeur : 2450
Loi n°49-956 du 16 juillet 1949 sur les publications destinées à la jeunesse.